유태서 시문집

작은 행복

한누리 미디어

국립중앙도서관 출판시도서목록(CIP)

작은 행복 : 유태서 시문집 / 유태서. -- 서울 : 한누리미디어, 2010
    p. ;   cm

ISBN 978-89-7969-366-9 03810 : ₩10000

한국 현대시[韓國 現代詩]

811.7-KDC5
895.715-DDC21   CIP2010001329

나는 문학을 하는 문학도가 아니다.

글을 쓴다는 것은 꿈속에서도 생각조차 하지 않았다.

그러나 나이가 들어가면서 평소에 느낀 점을 글로 남기고 싶었다.

뒤돌아보면 참으로 먼 길을 왔다.

어떤 때는 기쁨에 웃고, 어떤 때는 슬픔에 괴로워하며 잠 못 이루는 밤이 많았다.

깊은 밤 고뇌 속에 전전긍긍 가슴을 치다가 마음을 가라앉히고자 끄적거리기 시작했다.

사람은 죽어서 이름을 남기고 호랑이는 죽어서 가죽을 남긴다고 했던가.

이걸 글이라고 세상에 내놓기가 정말로 부끄럽고 부끄럽다.

제발 따뜻한 시선으로 보아주길 기대한다.

2010년 3월 21일

면화산 기슭에서

圓潭 俞泰瑞

차례

自序 · 7

I _ 작은 행복

14 … 자작나무
15 … 움트는 생명
16 … 도토리 키 재기
17 … 나뭇잎
18 … 낙엽 · 1
19 … 낙엽 · 2
20 … 겨울나무
21 … 나의 농장
22 … 노인은 없다
23 … 사랑 · 1
24 … 사랑 · 2
25 … 아내
26 … 마지막 말
27 … 대나무 인생 · 1
28 … 대나무 인생 · 2
29 … 아버지의 아버지
31 … 되나 안 되나
32 … 나만 쳐다보고
33 … 작은 행복
34 … 친구

차례

유태서 시문집
작은 행복

II _ 가슴에 묻어두고

36 … 인제 가면
37 … 그리움
38 … 고향
39 … 가슴에 묻어두고
41 … 시골 농촌
42 … 감
43 … 거짓말
44 … 불법 · 1
45 … 불법 · 2
46 … 불법 · 3
47 … 불법 · 4
48 … 법질서
49 … 생각대로
50 … 책임질 자 없다
51 … 법이 무엇이고
52 … 뒤척이는 밤
54 … 소리 없는 총알
56 … 떼법
58 … 같은 시기에
60 … 되는 사이
61 … 양쪽이 피해자

유태서 시문집
작은 행복

III_ 진정한 봉사

64 ··· 눈 먼 장님

65 ··· 정월 대보름

66 ··· 행복

67 ··· 만족하다

68 ··· 많이 비울수록

69 ··· 희망

70 ··· 행복의 가치

72 ··· 진정한 봉사

74 ··· 보금자리

75 ··· 그 그릇

76 ··· 빚을 낸 사람

77 ··· 불효자

78 ··· 오대산

79 ··· 사람이 먼저

81 ··· 정상

82 ··· 백두산 · 1

84 ··· 백두산 · 2

85 ··· 백두산 · 3

86 ··· 산에 오르며

유태서 시문집
작은 행복

IV_민사소송

88 … 월송정

89 … 설악산

91 … 한라산

93 … 불영사

94 … 정

96 … 재판장

97 … 삼심제도

98 … 민사소송

100 … 자기로부터 독립

102 … 아버님 · 1

104 … 아버님 · 2

106 … 아버님 · 3

108 … 어머님

109 … 어머님 아버님

110 … 거짓말 천국

112 … 누군가가 책임져야

114 … 흙탕물

115 … 초평리(楚坪里), 기가 살아 있는 고장

118 … 비석문

120 … 독일 통일이 우리에게 주는 교훈

발문/ 文集 發刊을 祝賀 드리며 · 조석구 … 122

I

작은 행복

자작나무

고요한 잠자리
잎이 다 지고서야
얇은 종이를
여러 겹 발라놓은
하얀 살갗을
고스란히 드러내
조심스러이 손길이 다가간다

은빛의 수피만으로
어찌 매서운 혹한 겨울을
지낼 수 있을까
곧게 벋은 앙상한 나뭇가지
푸른 새잎이 돋아날 것 같아
조용히 삶을 위로한다

움트는 생명

매화의 눈망울이
톡 터질 것 같아
한참 부풀어 올라
서로 시샘을 한다
꽃을 피워
사람들을 즐겁게 하자
나뭇가지마다
요란스럽다

그 동안 혹독한
추위 속에서
깊은 잠이 들었다가
기지개 켜면서
서둘러 꽃을 피우자
왁자지껄 시끄럽다

도토리 키 재기

같은 수종의 나무
시샘으로 자랑하며
무성하게 자라
잎과 열매를 맺어
기세가 당당하게
살아가는 나무
유별나게 푸르름을 더하며
우쭐대고 자랑하며
따라올 자 없다고 뽐내며
가을의 문턱을 지나
한파가 밀려들어
싱싱한 나뭇잎이나
비리비리한 나뭇잎이나
같은 시기에 우수수
낙엽은 다 떨어졌다
우리 살아가는 것
무엇이 다르랴

나뭇잎

앙상한 가지에 나뭇잎
스잔한 바람이 나뭇잎을 흔든다
마지막까지
매달려서 안간힘을 쓰고
바람 소리에 흔들려 소리를 내며
파르르 떤다

어느 순간에 소리없이 떨어지나
나뭇잎은 먼저 떨어진
낙엽 위에 포개포개
덮여서 산다
산골짜기에도 쌓이고
시냇물 위에도 떨어지누나
새처럼 바람결 따라
저마다 흐트러져
모여서 잠을 잔다

낙엽·1

낙엽은 서로 모여서 산다
수년 전부터
낙엽은 쌓이고 쌓여
바람이 불어도
눈보라가 쳐도
지루한 장맛비에도
낙엽은 포개포개
덮여서 산다
먼저 떨어진 낙엽은
숨을 몰아쉬며
지나간 세월을 포기한 채
그 아무리 화려했던 세상을
잊어버리고
무리를 지어
말없이 대를 이을
밑거름으로

낙엽 · 2

세월 따라 계절 따라
낙엽이 우수수
소슬 바람에
소리없이 떨어지니
산골짜기에도
물 위에도 떨어지누나
새처럼
아래 위로 훨훨 날아
바람 부는 대로
저마다 흐트러지네
푸르던 잎새
누렇게 병들어
서리 맞고
가을비 적시며 모진 바람에 우수수 진다
꽃이 지면 슬퍼하고
낙엽이 떨어지면 안 우느냐

겨울나무

잎을 다 털어내고
낙엽이 숲 바닥에 떨어져
상처없이 포개포개 얹혀서
미래에 양분이 되려고
모여서 잠을 잔다
가지마다 싹틀 눈을 준비한다

무수한 상처를 입고
추위에 얼어터진 줄기
곤충이 파먹어 들어간 동공
부러진 가지
잘라낸 가지의 옹이
어느 것 하나 성한 것 없이
상처없는 삶이 어디 있으랴
뿌리도 줄기도
깊은 잠에 들어가고
싹틀 눈을 준비한다

나의 농장

자연과 더불어
농촌의 풍요로움을 만끽한다
작은 텃밭에는
야채가 자연과 어우러져
벌레 먹은 대로
생긴 대로
반찬으로 족하다
산과 들에는
봄의 기운이 들면서
야생 야채 나물 나무순
미식가들의 입맛을 돋운다
여름이면
신록이 우거진 숲
자연이 주는 가을에는
고유의 오색 단풍
추위가 오는 계절에는
눈 덮인 산야 나무
눈이 내려 앉았다
나의 농장은 겨울에 잠을 잔다

*나무순 : 오가피, 엄, 두릅, 옻, 참죽나무순, 뽕, 헛개나무잎

노인은 없다

노인은
돈 없고
백 없고
일 없고
아프고
외로운 노인

그러나
나이는 숫자에 불과한
경로석을 없애고
경로당 간판을 내리고
과잉 보호하는
노인은 없다
그러나
사람만 있다
건강하니까

사랑 · 1

당신이 멀리 떠난 뒤
외로운 길을 걸어야 했다
나 홀로 남겨둔 채
같이 살아갈 수 없는
길을 떠났다
한 없이 날개를 펴고
날아야 하는
외로운 새가 되어
고통스럽고
번뇌 속에서
당신으로 하여금
삶은 그렇게 말을 걸어왔다

사랑 · 2

그 사람이 불치의 병으로
투병 중에 있을 때
이 세상에 하나밖에 없는
당신이기에
병을 치유하기 위하여
우리나라에서 의술이 좋다는
전문 병원과 명문대학 병원을
두루두루 찾았고

방방곡곡 어디든지 찾아
치료에 도움이 된다는
식품은 물론 약에 이르기까지
좋다는 것을 구해 먹였지만
발병된 지 5년 만에
홀로 남겨둔 채 떠나 버렸다

아내

그 사람은
불치의 병으로
돌아오지 못할 곳으로
멀리 떠났다
통증으로 고통스러워
보는 이로 하여금
나의 애간장을 태우고
안쓰러워
그 사람 앞에서
마음 속으로
눈물을 흘리고
웃니와
아랫니를 마주치며
그 사람에게
눈치 채지 못하게
속으로 울었다

마지막 말

아픔과 고통을 참아가며
나의 손을 꼭 잡고
있으라고 했건만
결국 나의 손을 놓아 버렸다

두고 가는 것이 아까워서 아까워서
크게 성공하도록 도와주지 못해서
미안하오 아쉬워 하면서
눈을 감지 못하고
오랜 시간을 같이 있을 것 같더니
순간적으로 눈을 감았다
나를 남겨둔 채

대나무 인생 · 1

살아가면서
고통스럽고 고단하고
번뇌 속에서
고달픈 인생
대나무는 마디 마디로
변화 발전하고
마디 마디가 속이 비듯이
마음을 비워가는
성숙된 삶을 위하고
대나무는 일생에 한 번
꽃을 피우듯이
알차게 삶의 꽃을 피우고 싶다

대나무 인생 · 2

한 마디가 자라
다음 마디를 준비하고
처음 태어난 마디는
속을 비우고
삶을 비우면서
자라고
마무리질 때는
꽃을 피우듯이
불의나 부정과
일체 타협하지 않는
지조를 굳게 지키는
대쪽 같은 곧은 인생

아버지의 아버지

아버지는 역사다
비루했건
참담했건
영광스러웠건
그것은 삶의 역사다

역사는 새롭게
더 나은 역사를
밑거름이 되게 한다
때로는
오래도록 간직할
영광의 기억으로

때로는
오욕이라는 이름으로
만신창이가 되어
그래서
아버지의 삶은
칼날 위의 걸음
살얼음 위의 걸음

한쪽의 시선으로
영광일 수 있고
다른 편으로
오욕일 수 있다

참으로
아버지는
고단한 길이다
외로운 길이다
두려운 길이다
책임뿐이다

참으로
아버지는
거부할 수 없는 길
정해진 숙명의 길
아버지는 그런 존재다

되나 안 되나

사람들은 되나 안 되나 쑥덕거린다
그님은 잘 살았다
그님을 향하여 이러쿵저러쿵
그님은 그럴 사람이 아닌데
왜 그렇게 궁지에 몰리나
참신하고 착실한 사람인데
순진하기가 이를 데 없는데
도와줄 길은 없는 것일까
그님은 믿는 사람이지만
나의 일이 아니니까 방관하자
그님은 잘못이 없는데
나쁜 사람으로
궁지로 몰아가는
그님이 밉고 또 밉다
양심 있는 자는 발 뻗고 자고
그렇지 않은 자는
잠잘 때 오므리고 잔다

나만 쳐다보고

일생에 화려한 경력을
가지고 있을 때
사랑하는 후배는
나만을 쳐다보고
내가 천정부지로
상승하는 기세를 따라
잘 따랐다
사랑하는 후배를
끝까지 챙겨주지 못하고
이 몸이 쇠약하여
느끼는 한 세상
나만을 쳐다보고
그것은 잠시
내 현주소는 어디인가?

작은 행복

피붙이도 아닌데
가정사를 털어놓고
도움을 호소

작은 배려가
기억조차 잊어 버리고
찾아와 문을 두드린다

누구신가
성공하였다고
말을 건넨다

아름다운 마음 담은 사과 5개
까만 비닐봉지에
뿌리치지 말라고
놓고 간다

진정한 아름다운
정이라 할까
가슴이 벅차 오른다

친구

친구는 많다
진정한 친구는
드물다
어려움이 있을 때
도와준 친구가 생각난다
내가 힘들어 하고
고뇌와 번뇌 속에서
마음 고생하는 것을
피붙이도 아닌
친구가 많은 위로와
격려를 잃지 않아
자기 일처럼 챙긴다
너무 고마워
친구야, 불러본다
오래오래 기억하며

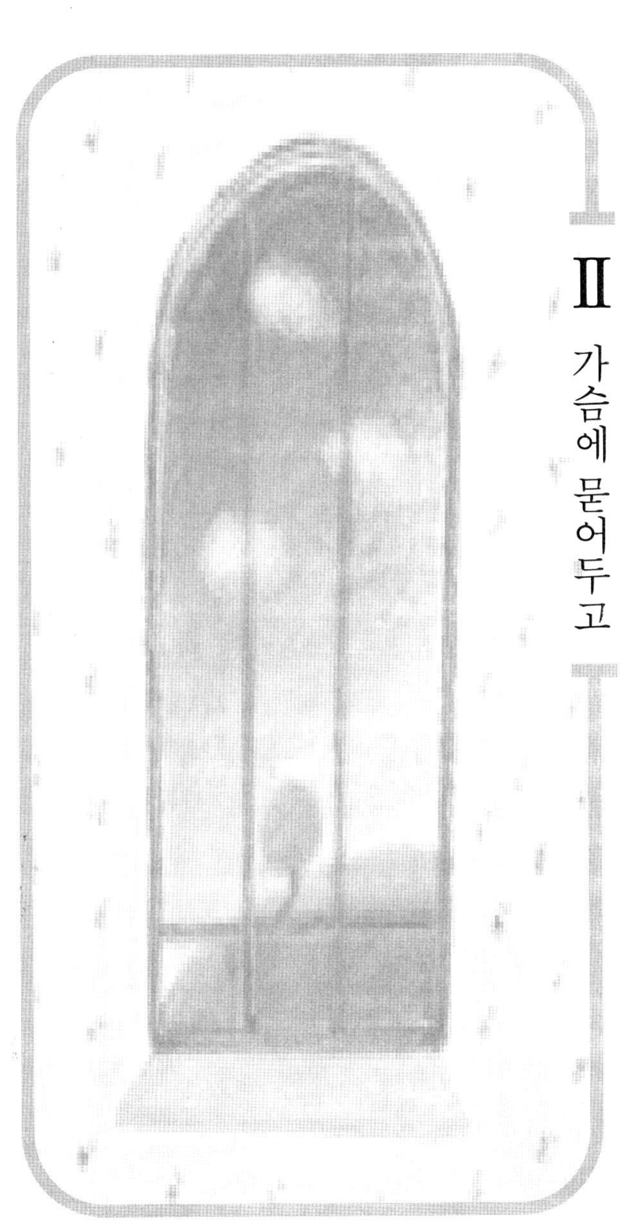

II

가슴에 묻어두고

인제 가면

양 할머님이 잠들어 계신 곳
그곳에 가는 길에
할머님의 묘소를 찾아보았다
해방 이전의 일이라 알 수 없으나
실나락 같은 족보를 보고
찾아 갔으나 방향과 분단의
북쪽이라 출입이 통제되고
무성하게 자란 숲이라
아쉽게 뒷걸음으로 물러섰다
크게 자란 소나무는
나를 부르는 듯 손짓을 하네
하늘을 향해 솟아오르는 당당한 나무
나무처럼 곧고 깨끗한 것이
이 세상에 또 있을까
소나무는 바람에 흔들흔들
할머님 목소리 아닌가 뒤돌아 봤다

그리움

당신을 기다립니다
무엇인가 기다린다는 것은
그리워한다는 말과 매한가지
수많은 것을 그리워하며 살아가고
소식을 알 수 없는 지나간 인연
돌아갈 수 없는 유년시절
매서운 겨울의
따사로운 봄 햇살
그리워하며
흘러간 세월
화려한 경력도
삶의 다른 풍경으로
기다릴 수 있기에

고향

소중하고 귀중한 사람들은
뇌리 속에서
사라지지 않고
자꾸 떠오르네
따뜻한 사랑으로
소중하게 감싸며
가까웁게 지낼 것 같아
망향의 동산에서
고향의 향취를 느끼며
빠른 시일에
고향 방문하기를 희망하며

가슴에 묻어두고

세계에서
분단된 나라는
오직 한국
해방의 기쁨도 잠시
북에서 남쪽으로
참으로 멀고 먼 길을
무작정 남으로
밤마다 경비병의
눈을 피해가며
걷고 또 걸어서
남으로 남으로
형제 자매
일가친척 모두
정든 고향땅을 뒤로하고
기약도 없이
눈물로 이산하고
그의 아픔은
가슴을 저며가고

슬픔과 고통의 나날

한시라도 잊지 않고
고향을 그리며
머릿속에서
부모 형제
일가친척
고향의 산천을
상상하고
편안하게 아무 일
없이 잘 계시리라

왕래가 되지 않아
소식을
전하지도 못하고
들어보지 않아
궁금 궁금 또 궁금
가슴에 묻어두고
살아가시게나

시골 농촌

들에는 논밭
생긴 대로
계단으로 어우러져
작은 소류지
지루한 장마에
물꼬마다 물 소리
소의 힘으로
논갈이 밭갈이
풀을 먹어가는 소
무엇을 말하는지
씹고 또 씹으며
굴뚝에서 연기
밥 짓는 냄새
가정이 그립다
시골은 평화롭고
한가롭다
가진 것은 없어도
풍요로운 것이 없이
마음 하나는 넉넉하다

감

감나무 가지마다
주렁주렁
파랗게 푸르름 더하고
기세가 당당하던 자존심
입안 가득 떫었던
기억조차 없어지고
발갛게 물들어
달게 느껴지는
연시로 바뀌고
만사는 마음대로 되지 않고
늙는다는 건
연시처럼 되는 것

거짓말

속이면 평생 죄가 된다
거짓말은 내 발목에 스스로 족쇄를 끼우는 것
거짓말은 분명 거짓말뿐이라
소극적 거짓말은
거짓말한 것이 항상 생각이 나
떨리고 두근두근거리고
얼굴 들고 상대방을 바로 보지 못한다
적극적 거짓말은
어떠한 소득 목적을 성취시키기 위하여
수단 방법을 가리지 않는다
비난 받아 마땅하다
다른 사람에게 피해를 주면
스스로 죄를 짓는 것
거짓말은 지능 게임이다
결국 거짓말은 사회악의 근본이고
　　　　　사람 잡는다
　　　　　나를 죽이는 것이다
　　　　　언젠가는 탄로가 난다
　　　　　중독성이 강하다

불법 · 1

부동산 이전에 관한 특별조치법(법률제3094호)
이 법은
법으로 인정받지 못하는가

왜 이 법에 의하여
등기를 필한 지 27년이 지났는데
송사에 의하여
재판으로 판결에 의하여
재산이 종중으로 등기이전 되었다

명의신탁하였다고 말장난을 하고
재판부는 다수 종중의 집단 편으로
손을 들어 주었다

명의신탁하였다는
시효는 없는 것인가
종중은 송사를 하기 위한 위장 종중
갑자기 나타난 종중을 인정하는 것인지
신법은 구법에 우선한다

불법 · 2

부동산 이전에 관한 특별조치법을
왜 정부에서 공포 시행하여
등기를 27년간 소유하였던
부동산을 뺏겼다면
정부에서 등기를 내주어서
관리한 소유자에게는 피해를 입혔는데
정부에서 책임이 없는가

역지사지로 재판책임
판결위치에 있는 재판장은
자기의 개인 일이라 생각하면
개인 의견을 들어주었을 것이다
나의 가슴은
우울하고
저며 들어가고
우울증으로
병들어가고 있다

불법 · 3

법이 운다
질병에 걸린 듯 서서히 병들어간다
우리의 무질서 때문에

법을 잘 지키면 질서가 바로 서고
서로 사랑하는 대한민국이
우리의 바람이고

법을 적용하는 집행자는
순리대로 판단하고
물 흐르듯 생각하고
원칙대로 결론을 내려야
법이 태어난 것은
사람이 먼저 태어난 뒤이므로
개인을 중시하고
생각하고 결론을 내려야
되지 않을까

판결은 엿장수
마음대로 가위를 놀린다

불법 · 4

칼을 들고
누군가의 돈을 뺏는 것은
나쁘다
법은 만인에게
평등하다
법리적으로 생각하고
　　　　판단하고
　　　　결론을 내려야 하는데
소수보다는
다수의 의견과
거대 집단을 우대하고
판결을 유리하게 한다
법치국가라는 것을
무색하게 하면
나라가 바로 이끌어야 하는데
어려움이 많지 않을까
이것이 불법이라 할까
칼보다 무서운 부당한 판결
불법이다
총 없는 살인이다

법질서

법과
원칙이 있어야 하고
질서 있는
근본 사회가 있어야
서로에게
기쁨으로 승화시켜야
올바른 사회가 되어야 한다
진리는 진흙 속에서
바늘 찾기

생각대로

이러한 법이 어디 있소
삼심 제도가 있다고
지방법원
고등법원
대법원
그러한 법을 운영하는 이는
같은 사람인데
돈 있고
백 있고
권력자를 옹호하고

힘 없고
가진 것 없는 자
선입견에 따라
같은 법에도 차이가 있다
법은 만인에게 평등하다
판결 내리는 자의
고무줄을 늘렸다 줄였다
생각대로

책임질 자 없다

법은 멀고
주먹은 가까웁다
법을 믿는 사람은
숫자가 얼마 안 되고
주먹이 가까웁다를
믿는 사람은 35%나 된다고
그래도 법을 믿어야지
인정을 받지 못하는 법은

집단 단체의 손을 들어주고
소수의 의견을 무시하는 사회
한 마리 잃어버린 양을 찾아 가듯이
해결할 자 나타나지 않는다
법이 있으나 없으나
하는 사회
누군가 보상을 해야지
피해자에게 배려
책임지는 이 아무도 없다

법이 무엇이고

법이 있다고
무슨 법이 있는고
생활하는데
불편이 없는 사회
인정받는 사회
법이 없어도 살아가는 사회
그렇지 않다
27년간 개인소유했던 토지
공연 평온하게 유지한 땅
말장난에 송사에 패소하고
애지중지 관리 보존했던 땅
허탈하고
맹랑하고
이럴 수가 없다
소유권을 인정 받았는데
하루 아침에 소유권을 빼앗겼다
그 뒤 정부에서는 개인 보상 없는가
무슨 법이 있는고

뒤척이는 밤

소유했던 토지
조상이 물려준 준엄한 땅
자손으로서 깊은 뜻이 있어
공연 평온하게 보존 관리
어느 날 뜻하지 않게
소송이 제기되어
마음 속으로부터
자신 있게 대응하여
부끄럼없이 하였는데
웬일인가 송사에서
패소가 웬말이냐
잠자리 누운지 30분
잠이 들지 못하고
자꾸 뒤척이는 밤
순간 깜박 잠들었다
얼마 안 되어 벌떡 일어나
잠 못 이루는 밤
몇 년 동안 반복되는 나날
너무너무 억울하고
분통이 터져

뒤척이는 밤
진리는 언제 보석이 될까

소리 없는 총알

법에 호소한다
상식에 어긋나는
결론이 내려졌다
의외의 판결은
치명적이고
흉기이고
소리 없는 총알

법에 호소한다
판사 사법부
변호사
법대로 판결이 아니라
이번에는 누구의
손을 들어 주었다
라고 언론에 보도
피해자는
속앓이에
분노의 가슴앓이
가슴에 주먹이 치밀어 오르고
시름 속에서 어두운 그림자

우울증에 시달리고
억울한 사람이 숫자가 많다

법은 있으나 없으나
권력을 바라보고
재물에 따라가고
무전 유죄
유전 무죄
어두운 곳에 진실을 밝혀야
소리 없는 총으로
수없이 죽어간다

떼법

법에 시효라는 게
살인한 사람은 15년
세금을 납부하는 것은 5년
상속세는 10년
채무부채는 10년
등기는 10년
취득등기시효 20년
특별조치법에는
명의신탁은 등기를 할 수 없었다
재판장의
인정하는 폭이 넓어
재량권 판단에 따라
명의신탁이라고
인식하여 인정하면
취득 등기 시효는 주장할 수 없다나
어느 쪽의 손을 들어주느냐
판사의 재량권이라고 할까
법이 있으나 없으나
엿장수 마음대로
가위를 두드리듯

신법은 구법을 누른다
떼법이 최고의 법

같은 시기에

불법이 나타나
도주의 우려가 없어
불구속 수사
불법이라는
정황이 포착되어
증거인멸의 우려가 있어
구속 수사
같은 시기에
미운 털이 많은 자와
보기 싫은 자와
차이로다
집행하는 자의
재량권의 폭이 넓어서
분노하는 이는
50년 전이나
30년 전이나
10년 전에도
지금도 변화가 없다
유전 무죄
무전 유죄

외국의 어느 나라는
되는 것은 누가 와도 되고
안 되는 것은
직위 권력을
휘두르는 자가 와도 안 되고
이것이 만인에게
평등한 것이 아닐까

되는 사이

무엇이든 전문화 시대
건축은 건축사
측량은 측량사
설계는 설계사
세무는 세무사
회계는 회계사
법은 법무사
판사
변호사
평민은 알 수 없는
명의신탁은
증서 문서가 있어야
되는 줄로 아는데

명의신탁이 되는 사이
종중의 종원간의 사이
부모와 자식간의 사이
형제 자매간의 사이는 되고
서민은 모르고 산다

양쪽이 피해자

법은 우리 사회를 더욱 튼튼하게
행복하게
사랑이 넘치는 원동력이다
재판은 법치다
재판부는 독립적이다
법원 안팎의 간섭을 받지 않고
법률과 법관의 양심에 따라
이루어져야 한다
판사도 인간이다
전관 예우
동기 관계
선배 후배 사이
같은 대학 출신
친목회 모임 회원
판사 변호사 한 데 어우러져
동일 사안의 내용을
판사의 성향 따라
결정이 좌우되고
귀에 걸면 귀걸이
발에 걸면 발걸이

피해는 당사자들
이겼다고 이긴 것이 아니다
졌다고 진 것이 아니다
양쪽이 같은 피해자
송사는 해서는 안 된다

III

진정한 봉사

눈 먼 장님

장님은 눈으로 볼 수 없다
그님은 마음으로
그님은 가슴으로
눈을 뜬 사람보다
밝게 볼 수 있다
사욕으로 생기는 눈은
보이지 않는다
분수에 넘치는 욕심
세상에 철없는 행동
자기 분수를 모르는 사람
감투욕에 몸살을 앓는 사람
재산의 탐욕
법에서 이겼다고
아집의 행동은
눈으로 볼 수 없는
눈 먼 장님은 보이지 않는다

정월 대보름

새해에 풍년을 기원하고
가족의 소망 성취와
건강하기를 보름달에
달맞이로 빌고 빌어

그날에 찹쌀 찰수수
팥에 차조와 콩 등
오곡밥을 즐겨 먹어
백집에 나눠 먹는

서민들의 절식이
건강에 이롭다며
향취에 젖어 젖어
풍속이 점점 사라져 가고

행복

누구를 미워해도 행복
미워하는 상대가 없으면 불행
나를 버리고 떠난 죽마고우
나의 마음을 괴롭힌 그대
너무너무 억울해서 설친 잠
너희가 얼마나 잘 되는지
죽도록 미워
미워할 일이 있다는 것 좋은 일
미워하는 재미로 사는 것
미워할 사람 없으면
너무 재미없다

만족하다

아이도 한 그릇
어른도 한 그릇
없어져도 한 그릇
써도 한 그릇
주어도 한 그릇
퍼주었어도 한 그릇
나머지도 한 그릇
한 그릇이면 만족하지

많이 비울수록

많이 비울수록 빈 자리가 많고
남에게 무엇을 해줄 때 흐뭇
베풀겠다고 생각하면
마음으로부터 부자
받기보다는 풍요롭게 주고
주는 것이 인색하지 않게
많이 비울수록 마음의 부자
모든 이에게 베풀고
또 베풀어도
마음으로부터 부자
그래도 남았네요

희망

지금 살 만하다 싶은 그대
떠오르는 태양이다
궁핍하고 마음이 가난한 그대
서산에 지는 태양이다
뜨는 태양이나 지는 태양이라
자만하지 마라
뜨는 태양도 기울면 지고
지는 태양도 잠시 뒤 떠오른다
자만하지도
비관하지도 않을 수 있다
그이가 존재하고 있으니까

행복의 가치

장님에게 얼마나 다행인가
귀가 먹지 않은 것이 다행이지
귀머거리인데 얼마나 다행인가
눈이 멀었으면 얼마나 괴로울까

장님은 장님대로 즐겁고
귀머거리는 귀머거리대로 즐겁다
장님이 왜 즐거운가
볼 것보다 못 볼 것이 더 많은데
못 볼 것을 안 봐서 즐겁다
쓸데없는 것 보느라
눈을 혹사하지 않는다
장님은 즐겁게 생각한다
눈이 멀면 마음의 눈이 열린다

귀머거리는 왜 즐거운가
들을 것보다 못 들을 것이 더 많은데
못 들을 것을 안 들어서 즐겁다
쓸데없는 것만 듣는 것이
귀를 혹사시키지 않는다

귀머거리는 즐겁게 생각한다
귀먹으면 마음의 귀가 열린다

진정한 봉사

마음 속에서 우러나고
가슴으로 행복을 주고
정신적으로 지주가 되고
권력에 굴하지 않고
실세에는 이해와 설득을
착하게 살아야 하며
어려운 이웃을 돌보고
고통 받는 이들을
정으로 대하고

외롭고 쓸쓸한 사람을
어루만지며
봉사는 받는 것이 아니라
주는 것이고
조건이 없어야 하고
살아가면서 주었다는 기억조차 없어야
그래도 부족하면
거룩하게 건전하게
타인에게 모범을 보이고
내가 한 일은 누가 알아보면

어떡하나 항상 조심스럽게
행동하고 내가 한 일로
누가 피해 보는 일은 없는지
항상 조심 또 조심
한 발자국 옮길 적에
생각하고 또 생각하고
진정한 봉사

보금자리

오산에 심은 로타리가
20년동안 무성하게 자라
정자나무가 되었네

밀짚모자 쓴 농군이
태양빛 아래서 일하다가
로타리 정자에 쉬러 왔네

가정 살림이 궁핍하여
방황하던 차에
로타리 정자에 쉬러 왔네

열심히 공부하다가
방황하던 차에
로타리 정자에 왔네

로타리 나무가 무성하게 자라
울창하고 아늑한 그늘이
지역의 보금자리 되었네

그 그릇

믿음이 있는 사람
존경받는 사람
우리는 믿고
우러러 존경하지요
그 님이 어느 순간에

믿음이 없어지고
존경의 대상에서
멀어지면서
그 동안 인간으로
바라보던 허탈감
그 님은 왜 그렇게
인간답지 않게
저질이었을까
그 님의 그릇이
뚝배기일까
사기그릇일까
놋그릇일까
양은그릇일까
우리 밥상의 참사랑
그 그릇이 기본인 것을

빛을 낸 사람

마을 사람들은 말한다
사랑하는 그 님이
인물이라고

그 님은 우리 마을에서
보기 드문 사람이라고
부락에서 특이한 자라고

그 님은 우리 지역에서
출세한 사람이라고
그님 때문에
우리 덩달아 우쭐대고
그 님은 지역의 여러 사람 중에
지역의 중책을 맡아 열심히 일하고
모든 이에게 추앙을 받고
모범이 되는 사람이라고

불효자

부모님 타계하신 지
수년의 세월
자식 사랑
몸 아끼지 않으셨고
칭송이 자자했던
우리 부모님
부모님 은덕을 잊어버리고
한평생을 살아오면서
바쁘게 살아가는
시대의 흐름도
은덕을 잊어버리며
물려주신 옥토를
보존하지 못하고
집안 싸움에
빼앗기고
지키지 못하여
내가 죽어서
부모님을 뵈올 수 없는
불효자는 울고

오대산

소의 등처럼 우직하고
봉우리는
높이를 자랑하지 않고
사람들에게
겸손함을 보여주는 산

병풍처럼 에두른
형형색색
가을을 물들인
단풍은 탄성을 자아내고

계곡마다
퍼져 있는 단풍
내려오는 낙수에
가을빛에 머물러
가을 햇살이
자기 색을
드러내는 단풍
흐르는 맑은 물이
어우러져 조화를 이루어
선인(仙人)된 것처럼

사람이 먼저

사람 태어나고
돈이 생겼지
돈 나고 사람 생겼느냐

사람 태어나고
법이 생겼지
법 나고 사람 생겼느냐

사람 태어나고
정이 생겼지
정 나고 사람 생겼느냐

돈으로 말미암아
분쟁이 일어나고
불협화합 때문에
고귀한 생명을 앗아가고
사람의 생명이
먼저인지를 알면서
돈으로 나
법으로 나

말 장난으로
재판에 흠결이 있어
가정에
그늘이 머물고
짧은 인생
누구가 보상하랴

정상

백두산에 오른다
가슴 부푼 잠을 설치고
버스를 타고 장백산에 가고
찌프차로 정상 가까이
도보로 50M 채 안 되는 것이
정상이라니
천지를 내려다 보며
수많은 발자국을
흔적조차 없애며
말없이 천년을 지내고
한없이 낮기만 한 산
마음의 등불이 되기를

백두산 · 1

한민족의 마음의 지주
그리던 백두산
정상에 오르니
가슴이 벅차노라

우리 민족의 성스러운 영산(靈山)
그리던 장백산
천지를 내려다보니
신령한 산이로다

천년의 세월을 묵묵히 지내고
이제 두동강 난 채
민족의 가슴에 서러움 복받쳐
시원한 말이 나올 듯

천지는 말없이 눈물을 더하여
우리 민족이 갈라져 있는
차마 못할 생이별을
지켜만 보고 있는 것인가

승천하는 청룡에
만주벌 달리던 민족의 혼
분지를 내려다보며
소원은 통일 노래를 불렀다

백두산 · 2

천지는 거의 모든 날이
안개가 끼여 있다거나
비 오는 날이 많아서

사진에 나오는 날은
홀딱 발가벗고 있다
천지를 내려다보고

맑은 물을 구경하는 것은
굉장한 행운을 가져오고
영산(靈山)으로 기원을 하며

맑고 푸르디 푸른 물로
말끔히 마음까지 씻어
남북통일 염원을 바란다

백두산·3

장백폭포 기염을 토하듯
68m 장엄하게 쏟아져
안개비 물보라가 지친 몸에
활력을 넣어주고

온천수가 노천으로 흘러
달걀을 넣어 놓아
잘 익은 계란을
자연과 함께 맛을 보누나

천지에 오르니
구름 위에 솟은 내 모습
선인(仙人)이 분명하구나
영산(靈山)이라 했던가

산에 오르며

싱그러운 아침에 햇살을 받으며
무봉산 자락에
오봉산을 오르고
다섯 봉우리를 넘고 또 넘으며
산책로 오르는 길목마다
여러 종류의 나무들이
소근소근거리며 이야기를 한다
형님 먼저 꽃봉우리를 피우세요
아우는 며칠 늦게 나오시게나
왁자지껄거리며 이야기한다
잎은 장손이 먼저 세상에 나아가
좋은 일을 하시게나
깨끗한 공기를 만드는
공장을 가동시키시게나
둘째 셋째 바쁘게 서두르시게나
무성하게 잎을 피워
그늘을 만들어 주시게
여름에 정자나무로 되어
인간에게 도움을 주시게나

IV

민사소송

월송정

많은 시인과 묵객들이 머물러
경치를 노래한 관동팔경
소나무 숲이 둘러싸인 누각에 올라
바다를 바라보면
마음이 착 가라앉는 듯한 느낌
시원한 바닷바람을 마음껏 들이쉬며
세파에 찌든 가슴을 시원하게
씻어낸다

설악산

오색에서 설악 폭포를 지나
대청봉에서 하루 숙박하고
해돋이는 평생 잊혀지지 않는다
설악동으로 하산
회운각 옆으로 공룡능선
양폭대피소
비탈길에 철계단
물 흐르는 소리
새 소리
기암절벽에 바위틈을 비집고
만고풍상을 겪으며
자라나는 소나무
한 데 어우러져
하나하나가 소중하게
한 몫을 한다
귀신의 얼굴을 닮았다는
귀면암 넓은 바위
비선대 바위 협곡은
절경이로다
천불동계곡

설악동에 다달으니
되돌아서서 대청봉으로
향하고 싶다

한라산

백두산은 아버지
한라산은 어머니
장엄하고 포근한 산
1월에 등반길에
성판악으로 오르고
녹지 않은 눈을 밟으며
은빛 한라산
중턱에 다달으니

구름이 몰려온다
빗방울이 여름 장마지듯
맑은 소리 듣고
맑은 공기 마시고

한 걸음 한 걸음
앞을 디디며
목화가 피어오르듯
폭설로 쌓인 눈
빗방울과 섞여

쉴새 없이 녹아내리는 눈
땅과 눈 사이로 흐른다
길 없는 길과 싸워야
잔디밭 대피소에서

정상으로 향한다
설국으로 옷을 갈아입은 산
비바람이 시야를 흐려
정상을 보지 못했다

불영사

계곡 깊숙한 곳에 자리잡고
깊은 계곡 굽이도니
단아한 절집이 예쁘기도 하여라

경내에 연못이
아홉 마리 독룡 있다 하여
구룡사(九龍寺)로
그 뒤 불영사로 고쳤다

절 서쪽 산 위에 부처님 형상의
바위가 있어
그 그림자가 연못에 비친다 하여
불영사(佛影寺) 이름 붙였다

기암괴석과 울창한 숲이
흐르는 계곡물의 소리와
어우러져 절경을 연출

정

한 고장에서 살았다
가정이 어려웠고
신체의 불구로 정을 더 두었다
성장하여 성혼을 할 때에는
재래 혼례식에 신부댁으로 가는 길
트럭을 타고 비포장도로 위를 질주
뽀얗게 먼지를 쓰고 초례청에 다달았다
사모관대를 쓰고 잔치하는
식장에서 두루마리에
장구한 글을 써서 읽어주었다

그이가 부락 일을 볼 때에
서류에 나누어 주는 일을 도와주었다
가을 추수하여 벼를 말릴 때
비가 오면 급히 멍석을 들어
비설거지해 주었다
정으로 통하는 일이었기에
중년에는 직장관계로 자주 만나지 못했고
칠순이 되는 때에는
그 정이 어디로 갔는지 모른다

두텁고 그리웠던 깊은 뜻의 정
사회의 변화 속에서
정이라는 것이 무뎌졌나 보다
정을 정으로 대해야 되는데
정이 배신으로 변천했나 보다
배신을 감싸 안으려고 하나
단절을 시키고 있다
안타깝다

재판장

우수 법관들은
공평한 재판 진행
품위 있는 언행
철저한 기록 파악 등이
높이 평가 받을 수 있지 않을까

편파적인 재판 진행
원만한 피해 없는
당사자간 합의 도출
상대자의 의견을
무시하고
떼거리 집단을
옹호하는 판결
억울하면 항소하라는
말투
너무 황당하다

삼심제도

1심 지방법원
2심 고등법원
3심 대법원
일반적인 상식
전문적인 공부를 한
지식인들은 비웃는다
사실상 한국의 법은
2심으로 끝이다
재판의
엄정성을
바라면서
슬그머니
2심으로 내려놓은 것은
원인이 송사의 건수가
매년 증가와
업무의 폭주라나

민사소송

민사소송은
하루에 수십 건씩
재판하는 수가 많다
진행하면서
한 건에 6~10분간 심리한다
논리적인
장구한 기록을 읽어볼 사이 없이
상대를 완전히 무시하는 판결
입법 취지를 묵살하는
법 적용
분쟁 당사자들의 속사정을
들어주는
양보를 유도하는 방향은 어디 가고
법 이전에
주도면밀한
재판장의 역할이 필요하다
재판의 잉금을
재판장의 고압적인 자세와
고단위 거짓말의 우세로
변호사의 진실의 변론은

말장난의 변호사로 전락
법적용을 뒤집는 자세
전문가가 아니면 이해 못한다
법이란
일반인이 생활 속에서
상식적으로 이해하는 것이 법이지
전문적으로 역행하는
법을 빙자하여
말장난하는
시민을 울리고
재판장의 성향에 따라
보이지 않는
총알로 살인을 한다

자기로부터 독립

법관도 자기 개인의 가치관과
자기 나름의 정치소신을 갖는다
만일 법관이
국민의 상식과
한참 동떨어진
자기만의 가치관과 정치소신
생각을 판결문에
그대로 옮긴다면
국민이 그 재판결과를
믿을 리가 없다
동일한 행위가
이 판사에 걸리면 유죄이고
저 판사에 걸리면 무죄 판결을
받는다면
그 재판에 승복할 사람은 없다
판결에 독선이나
아집이 나타나
일반적으로 수긍할 수 있는
보편 타당한 견해가 담겨야 한다
변협이 법관은

자기로부터 독립을 이루어야 한다고
한 말은
평범한 진리를 다시 확인한 것이다

아버님 · 1

자식들에게
우애와 협동심을 심어주고
서로 헐뜯고 언쟁하며
싸우는 일이 없어야 한다
많은 가르침 주셨던
아버님 생각이 납니다
자식들에게
하나하나를 일러 주셨고
낮에는 논농사 밭농사
저녁에는 호롱불 밑에서
가마니를 짜셨고
근검절약을 생활화 하셨던
아버님이 생각납니다
약초 담배 재배와
소, 돼지를 기르시면서
앞서가는 농촌을
개선과 혁신을 주도하셨던
아버님 생각이 납니다
금융조합에 공판가마니를
자금으로 출자하셨고

농협이 성장하는 데 기초를 다지셨고
올바르고 정직하게 살으셨고
농토는 거짓말을 하지 않는다
일러주셨던 아버님 생각이 납니다

아버님 · 2

삶을 열심히
살아갈 수 있는
추진력과
매사에 감사하는
마음을 남긴
아버님을 생각하고

오늘도
주어진 날들을
충실히 채워 가려고
노력합니다

늘 가슴을 저미는
감동과 고마움을
느끼곤 합니다
우리가 열심히
살아가야 하는

기억을
남을 수 있었다

세속적인 성공을 거둘 수 있다면
멋진 일이지만

아버님 · 3

아버님 마지막 가시던 날
어머님이 아들을 잠에서 깨우신다
그 시각 새벽 4시
아버님이 부르신다 하신다
가슴이 답답하다
자리에서 일으켜 달라
아버님 등 뒤에서 부축여 드렸다
뭐 잡수실래요
대답이 없으시다
우황청심환을 드렸다
눕혀 달라 하신다
잠시 뒤 일으켜 달라 눕혀 달라
반복하여 하시더니
회수가 잦아지셨다
눕혀 달라 자리에 닿지도 않았는데
일으켜 달라 하신다
큰아들 품에 안겨서
아 이제 편하다
말 한 마디 하시더니
깊은 잠에 드셨다 그 시각 4시 40분

애닲게 슬퍼도 통곡해도
다시 못 올 아버님 그립습니다
잘 모시지 못하여 죄송합니다

어머님

어머님은 전주이씨 왕손가의
맏이로 태어나셨습니다
아버님과 나이가 동갑내기로
결혼하셨습니다

태어난 곳도 다르고
생활습관도 다르시면서
부부의 금술이 남 다르게 좋으셨습니다
성품이 인자하시고
고풍스럽고 부드럽고 곱게곱게 고으신 어머님
빈곤한 집에 시집을 오셔서
자식을 남자만 일곱 명을 낳으셨고
자식을 기르시느라고 고생 많이 하신 어머님

농촌생활이 어렵고
풍요롭지 못한 생활에 적응을 잘 하셨습니다
초가삼간에서 양할아버님을 모시고 살으시고
고만고만한 어린 자식들과 어우러져 생활하면서
저녁에 호롱불 밑에서 가마니 짜시던
모습이 눈에 선합니다
어머님 생각하면 가슴이 저며 옵니다

어머님 아버님

문득문득 어머님 아버님 생각에
잠에서 벌떡 일어나
늘 생활하셨던 방문을 열어보곤 합니다
허전함이 가슴에 스며듭니다
지금은 안 계시지만
살아계실 때
온가족이 여주 강변에
모래밭에 자리잡아 천렵을 하고
고기 굽고 손자들과
즐기시던 그 모습 그리워집니다
조금이라도 오래오래
살아 주셨으면 하는
바람이었습니다
잠시라도 더 잘 모시지
못해서 아쉬움만 더합니다
자식이 괴롭고 외로울 때
어머님 아버님 생각이 절로 납니다
죽어서 부모님 뵙기가
두렵습니다

거짓말 천국

법정에서
거짓말하는 사람
어떤 거짓말을 해도
교묘히 법망을 빠져 나가고
위증 사범을 분석하면
친분관계 때문에
금전적인 대가를 약속해서
혈연 지연 학연으로 엮인
인간관계
돈만 받으면 뭐든지 할 수 있다
증인에게 불이익이 오니까
고로 거짓말을 밥 먹듯이 하는 사회
엉뚱한 사람이 억울하게
피해를 보는 사회를
탈피해야 되지 않을까
거짓말을 잘 한다는 어려운 이름을 벗어나기 위해서
재판장은 감지를 하고 묵인하지 말고
명재판의 결과를 가져야
올바른 사회가 되지 않을까
국가의 공복이 올바라야

부정부패가 사라지고
국가가 흔들림이 없다

누군가가 책임져야

호소문을 보냈다
송사에서
패소한 내용으로
억울함을 표현하였다
대통령님께
국민권익위원회
행정안전부
헌법재판소
대한법률구조공단
서울지방변호사회
국회사무처
감사원
회답이 왔다
사인간의 권리관계와
수사 및 재판 등에 관한 것은
조사대상에서 제외된다 라고
법원을 통하여 해결해야 한다
법률구조공단에 조언을 구해라
소관 행정기관으로 이송한다
심판 청구가 제기되었을 경우에 결정을 내린다

딱한 처지에 대해 이해하는 바이나
서면 또는 전화상담 등은 응하지 않는다
확정된 권리관계에 관한 것에 해당되어 접수하지 않는다
확정 판결이 있는 사안으로 민원을 처리할 수 없다

역사적으로 신문고를 운영하여 왔고
지금도 운영하고 있다
개인이 손해 피해 보지 않고
나라가 바로 인식해야
국정이 올바른 길을 택해야 한다

흙탕물

웅덩이에 흙탕물이
아주 오래 전부터 고였다
그 이름 작은 법원 내의 연못
흙탕물 고인 것이 3톤 정도인가
맑은 물 한 방울 한 방울 넣어도
맑아질 줄 모른다
30톤의 많은 양을 넣어도 마찬가지
300톤이 있어야 하나
자체 정화 능력은 상실한 채
어느 때에 맑은 물이 되어
사회에서 존경받는
인정 받을 수 있도록
스스로 정화되지 않는 한
절대 맑은 물은 기대할 수 없다

초평리(楚坪里), 기가 살아 있는 고장

일명 서녘 마을
오산시 서쪽으로 4Km 위치한 부락
창원유씨(昌原兪氏) 문중 30여 호
비옥한 토질이 널리 분포
대대로 논과 밭농사
전형적인 작은 농촌으로

면(面)사무소 있었고
빨간 우체통이 있던 곳
이 고장은 풍수지리상으로
제일 높은 봉우리는
목화가 피어 있는
면화산으로 불리어졌고
병풍을 둘러 펼쳐 놓은 듯

좌청룡(左靑龍) 우백호(右白虎)
삼태기 형태의 산형 둘러싸여
명당자리로 꼽히는 터가 여러 개 있어
인물이 배출되었던 곳

유씨(兪氏) 문중에서
경기도 화성군수
화성군 향남면장
오산시 초대대원동장
민선초대오산시장
민선 2대 오산시장
서울대 교수
오산초등학교 교장
공학박사

시청군청에 과장 계장을 배출하여
공무원이 많이 탄생한 고장
국가를 위하여 열심히 일하고 있고
앞으로 면면이 이어가면서
새로운 인재양성과 지역을 위하여
열심히 일하고

재산은 풍부하지 않지만
알맞게 살림하고
높은 자리에 있어도 과시하지 않고

자세를 낮추는 전형적인 양반
옛 모습의 미풍양속을 계승하고

선조님들의 뼈가 묻혀 묘소가
산재하여 있는 곳
조상을 모시고 숭배하여
유서 깊은 고장으로 대대로 이어갈 고장
초평리는 기기 살아 움직인다

비석문

　兪昌鎭은 本은 昌原으로서 始祖는 兪涉이요 22代孫으로 父 範老와 母 礪山宋氏의 次男으로 오산시 서동 453번지에서 출생하셨으니 天性이 양순하고 本質이 總慧하여 일찍이 漢文을 修學하고 이웃간에 화목단결은 물론 恒常 몸가짐이 端正하셨으며 他人으로부터 尊敬을 받아왔다.

　農村에서 태어나 成人이 되어 兪昌鎭은 全州李氏(相金)와 結婚하여 次男으로 分家時 土地한 坪 없이 오막살이 집에서 어려운 생활을 하셨으며 자손으로는 男子만 일곱 兄弟를 두셨다.

　平生(평생) 農事일에만 專念하셨으며 어느 家庭에서와 마찬가지로 子孫을 낳아 養育하는 데는 農村生活이 너무 貧困하여 낮에는 논농사 밭농사를 하고 저녁에는 호롱불 밑에서 가마니를 짜서 市場에 나가 販賣하셨고 部落에서 最初로 畜産(소, 돼지) 藥草를 栽培하여 健康에 이바지함은 물론 專賣事業인 담배를 栽培하여 葉煙草를 生産하셨으니 앞서가는 農事技術에 대한 先鋒에 서셨고, 그리고 金融組合을 새롭게 新設하는 과정에서 공판가마니를 出資金으로 내어 現在 農協이 急成長하는 데 밑거름이 되셨다

　이렇게 푼푼이 모아놓은 財産으로 農土를 구입하여 일곱 兄弟들에게 골고루 나누어 주시었고 일곱 兄弟 모두 成

婚시켜 각자 살림을 하게 하셨다.

　家庭에서는 尊敬받는 아버지로서 자리를 지켜 주셨고 子孫들에게는 友愛와 協同心을 심어주어 子孫들이 서로 헐뜯고 언쟁하며 싸우는 일이 전혀 없어, 他 家庭으로부터 尊敬을 받아왔다.

　저 世上으로 가시는 날에는 큰아들 품안에 안겨서 가슴 답답하다, 눕혀 달라, 일으켜 달라, 반복을 여러 번 하시다가 이제 편안하시다 하시며 곱게 殞命하셨다.

　이에 일곱 兄弟들이 의논하여 슬퍼하면서 그 높은 뜻을 後孫에게 길이 전하고자 이 비를 세운다.

부 1917. 8. 18生　2000. 1. 24卒
모 1917. 12. 23生　2006. 10. 5卒

독일 통일이 우리에게 주는 교훈

독일 통일의 토대가 된 동방정책을 입안하고 집행한 인물로 알려진 브란트 전 서독 총리 안보보좌관 '에곤 바르'가 9월초 한국을 방문, 통독 과정에서 겪은 자신의 경험을 소개했다.

그의 경험담은 지구상에서 마지막 분단국으로 남아 있는 우리에게 커다란 교훈이 될 것이다.

에곤 바르는 "동서냉전의 희생자인 독일의 통일을 위해서는 '접촉을 통한 변화'로 요약되는 긴장완화정책을 펴나가는 것이 유일한 방법이라고 믿고 이를 일관되게 추진했다"고 증언했으며, "한반도의 통일을 위한 방법도 긴장완화를 통해 상호협력으로 가는 김대중 대통령의 햇볕정책뿐이며, 야당은 물론 전 국민이 지지·동참해야만 통일을 이룩할 수 있다"고 조언했다.

에곤 바르는 8.15방북단 문제에 대해 "브란트 정부의 긴장완화정책은 야당의 비난을 받았고, 야당과 싸워 이겨 나가야 했으며, 이것이 한국의 상황과도 유사하다. 독일의 야당도 정권을 잡은 뒤에는 동방정책을 이어갔으며 동독에 차관까지 제공했다"고 밝혔다.

그는 또 "독일은 분단이 지속되면 통일의 기회가 줄어들 것이라는 조바심 때문에 통일을 너무 서두른 나머지 동서독 국민간의 정서적 갈등을 간과함으로써 통일 후 많은 문제가 발생하고 있다"고 증언하면서 "남북이 통일에 이르는 작업은 '새로운 국가'를 탄생시키는 아주 어려운 작업이 될 것"이라고 예상했다.

또한 그는 "동독 호네커 수상의 서독 방문도 서독이 초청한 지 6년 만에 성사됐으며, 동서독이 20년의 기간에 걸친 교류와 협력을 통해 동독이 변하고 나서야 독일 통일이 이루어졌다"고 설명하면서 한국의 통일을 20년이 지난 2020년경으로 예상했다.

우리는 독일의 통일이 결코 하루아침에 갑자기 주어진 것이 아니며, 정부의 일관된 포용정책에 대한 국민들의 지지와 적극적인 동참을 통해 이루어졌음을 타산지석으로 삼아야 할 것이다.

跋文

文集 發刊을 祝賀 드리며

조석구

시인 · 문학박사

유태서 면장은 면화산 정기를 받고 산자수명한 서녘 마을에서 부친 유창진 님과 모친 이상금 님의 일곱 형제 가운데 맏이로 태어났다.

본관은 창원 유씨로 뼈대 있는 집안의 자랑스러운 후손이다.

그는 나와 함께 오산중고등학교에서 청운의 뜻을 품고 동문수학하였다.

유 면장은 학창 시절 성실 근면하고 매사에 맺고 끊는 것이 분명하였다.

병역을 마치고 뜻한 바 있어 국민의 심복 국가 공무원이 되었다. 그는 퇴임할 때까지 모범 공무원이었다. 또한 그는 봉사 단체인 로타리클럽 회원으로 지역사회 발전을 위하여 봉사 활동을 열심히 하였다.

그의 종교가 무엇인지 잘 모르지만 불교에 깊이 심취한 듯하다. 특히 불교의 윤회사상을 믿고 적선지가(積善之

家)는 필유여경(必有餘慶)하고 적악지가(積惡之家)는 필유여앙(必有餘殃)이라는 말을 몸소 실천하는 듯하다.

그는 늘상 남을 배려하는 모습을 보여준다. 비근한 예로 이런 일이 있었다. 농사를 짓는 고교 동창 친구에게 김장 배추를 부탁했다. 배추를 50여 포기 구입하게 되었는데 배추값이 3만원이었다. 그런데 고생했다고 고맙다고 굳이 5만원을 지불하더란다. 안 받으려 했으나 막무가내였다고 했다.

그는 남을 대할 때는 대인춘풍(待人春風)이고 자기 자신에게는 지기추상(持己秋霜)이다.

은빛 수피만으로
어찌 매서운 혹한 겨울을
지낼 수 있을까
곧게 벋은 앙상한 나뭇가지
푸른 새잎이 돋아날 것 같아
조용히 삶을 위로한다

— 〈자작나무〉에서

자작나무는 낙엽 활엽 교목으로 나무 가운데 왕자이다. 꽃은 4월에 피고 견과(堅果)가 10월에 익는다. 나무 껍질은 약재로 쓴다. 나무 껍질이 희며 옆으로 얇게 벗겨진다. 잎은 어긋나고 삼각형 또는 마름모꼴의 알 모양이다.

자작나무를 일명 백단(白椴) 또는 백화(白樺)라고도 한다.

인용된 작품은 추운 겨울 알몸으로 떨고 있는 나목(裸木)을 표현하고 있다.

시적 화자는 차가운 겨울 하늘에 떨고 있는 앙상한 나뭇가지를 애잔하게 바라본다.

19C 영국의 낭만파 시인 셸리는 그의 시 〈서풍부〉에서 '바람이여, 겨울이 왔으니 봄이 멀리 있을 수 있는가' 라고 읊었다. 겨울이 왔으니 봄이 멀지 않다는 뜻이다.

혹독한 추운 겨울을 견디지 않은 사람은 봄을 만끽할 권리가 없다. 시적 화자는 앙상한 나뭇가지에서 찬란한 새 봄이 돌아와 연초록 새잎이 돋는 것을 꿈꾼다.

오늘의 현실이 아무리 어렵고 괴롭더라도 참고 견디면 반드시 쨍하고 해 뜰 날이 돌아온다고 우리에게 넌지시 일러준다.

불가에서 말하는 비무량심(悲無量心)이다. 중생의 고통과 슬픔을 자기의 아픔으로 생각하고 고통에서 벗어날 수 있도록 도와주려는 갸륵한 마음이다.

살아가면서
고통스럽고 고단하고
번뇌 속에서
고달픈 인생
대나무는 마디 마디로
변화 발전하고
마디 마디가 속이 비듯이
마음을 비워가는

성숙된 삶을 위하고
대나무는 일생에 한 번
꽃을 피우듯이
알차게 삶의 꽃을 피우고 싶다

— 〈대나무 인생 · 1〉에서

일찍이 당송 팔대가의 한 사람인 소동파는 "시 속에 그림이 있고(詩中有畵) 그림 속에 시가 있다(畵中有詩)"고 하였다. 〈대나무 인생 · 1〉은 한 폭의 그림 같은 시다. 대나무의 일생이 눈에 보이는 듯 선명하다.

대나무는 사군자(四君子)의 하나다. 동양화에서 고결함이 군자와 같다는 뜻으로 매화, 난초, 국화, 대나무를 일컫는다.

정판교는 「신죽(新竹)」이라는 시에서 이렇게 읊조리고 있다. "새로 난 대는 옛 가지보다 높지만(新竹高於舊竹枝) 모두 늙은 줄기의 받쳐 줌에 의존한다(全憑老幹爲扶持)"라고.

대나무가 자라면서 위에 새 마디를 밑에 마디가 받쳐 줌으로 해서 성장할 수 있다고 단언한다.

세상사의 이치도 마찬가지라는 의미를 일깨워 준다. 이 세상에는 하루 아침에 하늘에서 뚝 떨어진 것은 없다. 다 먼저 길을 간 선각자들이 있는 것이다.

"조금 알면 오만해진다. 조금 더 알면 질문하게 된다. 거기서 조금 더 알게 되면 기도하게 된다."고 인도 철학자 라다크리슈난은 말한다.

경거망동하는 젊은이들에게 경종을 울려 주는 것이다. 대나무 마디 마디가 산전수전 겪은 우리 인생에 비유된다.

악출허(樂出虛)인 것이다. 피리도 퉁소도 대금도 속이 텅 빈 대나무로 만든다고 비워 있음에 충만을 일러 준다.

무소유(無所有)인 것이다.

사소한 일상에서 우러나는 기쁨이야말로 진정한 행복이지만 그 가치를 아는 사람은 지극히 드물다. 어지러운 세상에 휘둘리는 것은 바로 마음에 중심이 없어서이다. 무소유란 아무것도 갖지 않는 것이 아니라 불필요한 것을 갖지 않는 것이다.

불가에서는 영원한 것은 아무것도 없다고 한다. 무상(無常)이다. 지금 이 순간은 생애 단 한 번의 만남이니 어떻게 살든 그 한 순간을 놓치지 말고 늘 깨어있기를 강조한다. 마음을 비우라는 것이다. 인생은 빈 손으로 왔다가 빈 손으로 가는 '공수래(空手來) 공수거(空手去)' 이니까.

그래야 성숙된 삶을 만나고, 백조가 죽을 때 아름다운 목소리로 딱 한 번 노래하듯이 대나무가 일생에 딱 한 번 꽃을 피우듯이 우리 인생도 인생의 정점에서 찬란한 꽃을 피울 수 있다고 시적 화자는 갈파하고 있다.

부모님 타계하신 지
수년의 세월
자식 사랑
몸 아끼지 않으셨고

칭송이 자자했던
우리 부모님
부모님 은덕을 잊어버리고
한평생을 살아오면서
바쁘게 살아가는
시대의 흐름도
은덕을 잊어버리며
물려주신 옥토를
보존하지 못하고
집안 싸움에
빼앗기고
지키지 못하여
내가 죽어서
부모님을 뵈올 수 없는
불효자는 울고

— 〈불효자〉 전문

“시는 체험이다”라고 라이너 마리아 릴케는 말했다. 그렇다. 시는 체험이다. 만약 시가 열정이라면 젊은 날 다 써버리고 말 것이다.

시적 화자는 세상을 살아가면서 돌아가신 지 오랜 부모님을 떠 올린다. 살아 계실 때 더욱 더 효도하지 못했음을 안타까워 하고 있다. 그리고 뼈에 사무치게 그리워하고 있다.

사서삼경의 하나인 시경(詩經)에 보면 이런 말이 있다.

존경함에 아버지보다 더함이 없고, 의지함에 어머니보
다 더함이 없다고 하였다. 그리하여 아버님이 돌아가시면
일생을 두고 외롭고 어머님이 돌아가시면 일생을 두고 슬
프다고 하였다.

부모님께 효도하지 않은 일체의 성공, 모든 승리, 어떤
영광도 아무 가치가 없는 것이라고 시적 화자는 말한다.

영국의 역사 비평가 토인비는 이렇게 말했다. 우리 인류
가 먼 훗날 저 달나라에 정착해 살게 되었을 때 이 지구상
에서 꼭 한 가지 가지고 갈 것이 있다. 그것은 한국의 효사
상이라고.

그런데 여기서 시적 화자는 부모님의 은덕을 잊어버려
불려주신 옥토를 보존하지 못함을 통탄하고 있다. 집안
싸움에 빼앗겨 죽어서 저 세상에 가서 부모님을 뵐 면목이
없음을 슬퍼하고 있다. 그래서 불효자가 되어 통한의 눈
물을 흘리는 것이다.

그러나 이 통한의 눈물은 생산적 슬픔이다. 불가에서 이
세상을 사바세계(娑婆世界)라고 한다. 사바세계란 참고
견뎌내야 할 세상이다. 앞에서 언급했듯이 시적 화자는
비워야 채워진다는 노자의 사상을 터득하고 있다.

한(恨)은 가장 과거적이며 가장 미래적이기 때문이다.
한은 상실에 대한 원한만이 아니라 회복 심리의 공존 구조
임을 알 수 있다. 하여 구절초는 아홉 번 꺾이고 아홉 번
일어난다.

유태서 면장은 시인도 아니고, 수필가도 아니고, 소설가
도 아니다. 그가 살아오면서 보고 듣고 느낀 점을 진솔하

게 생활인의 자세로 표현하고 있다.

그의 글은 물고기 등처럼 싱싱하고 생경하여 시각적 이미지가 팽팽하게 살아 있다. 지나친 기교나 말장난을 배제하고 있는 절대 이미지로 그가 전달하고자 하는 강한 메시지가 우리에게 찡한 감동을 준다.

글은 자연스러워야 하고 감동적이어야 한다.

그의 글은 가슴으로 쓴 글이라 그 영혼의 향기가 사람들에게 힘과 용기를 주고 삶의 자세를 가다듬게 하는 나침판이 될 것이다.

이제 이 글을 지면 관계로 마무리할 시점에 이른 듯하다.

이 문집이 출간되는 날 친구들과 함께 우리들의 단골집 '몽마르뜨' 에 가서 맥주 한 컵하고 그의 노래 18번 「고향에 찾아와도」를 듣고 싶다.

두견화 피는 언덕에 누워
풀피리 맞춰 불던 옛 친구여
흰 구름 종달새에 그려보던
청운의 꿈을 어이 지녀 갔느냐(하략)

우리는 행복하기 위하여 이 세상에 왔다고 헤르만 헤세는 말했고, 아름다움을 놓치지 않고 볼 수 있는 사람은 결코 늙지 않는다고 카프카는 말했다.

나는 유 면장이 현실의 어려움을 극복, 슬기롭게 열린 마음으로 헤쳐 나가리라 믿어 의심하지 않는다.

불교 경전 『보왕삼매론』에 이르기를 "세상살이에 곤란 없기를 바라지 말라. 남이 내 뜻대로 순종해 주기를 바라지 말라. 억울함을 당할지라도 굳이 변명하려고 하지 말라."고 하였다.

꽃 피는 봄은 안개 낀 봄밤의 고독으로 깊어지고 우리의 삶은 눈물의 힘으로 깊어진다.

사랑하는 사람에게는 나이가 없고 희망을 품고 사는 사람은 만년 청춘이다.

유태서 면장은 이 문집을 통하여 그간의 생각을 총정리하는 계기가 되리라고 본다. 그런 의미에서 이 문집 발간은 시사하는 바가 매우 크다고 할 것이다.

유태서 시문집

작은 행복

·

지은이 / 유태서
펴낸이 / 김재엽
펴낸곳 / **한누리미디어**
디자인 / 지선숙

·

121-840, 서울시 마포구 서교동 395-13 서원빌딩 2층
전화 / (02)379-4514, 379-4519
Fax / (02)379-4516
E-mail/hannury2003@hanmail.net

·

신고번호 / 제300-2006-61호
등록일 / 1993. 11. 4

·

초판발행일 / 2010년 5월 1일

·

ⓒ 2010 유태서 Printed in KOREA

·

값 10,000원

·

※잘못된 책은 바꿔드립니다.

·

ISBN 978-89-7969-366-9   03810